Boca de lobo

Premio Unicef de la Feria de Bolonia 1995
Premio Alpi Apuane "Mejor Álbum Ilustrado 2003"
Mención especial de la Biblioteca Internacional
de la Juventud de Múnich 2004

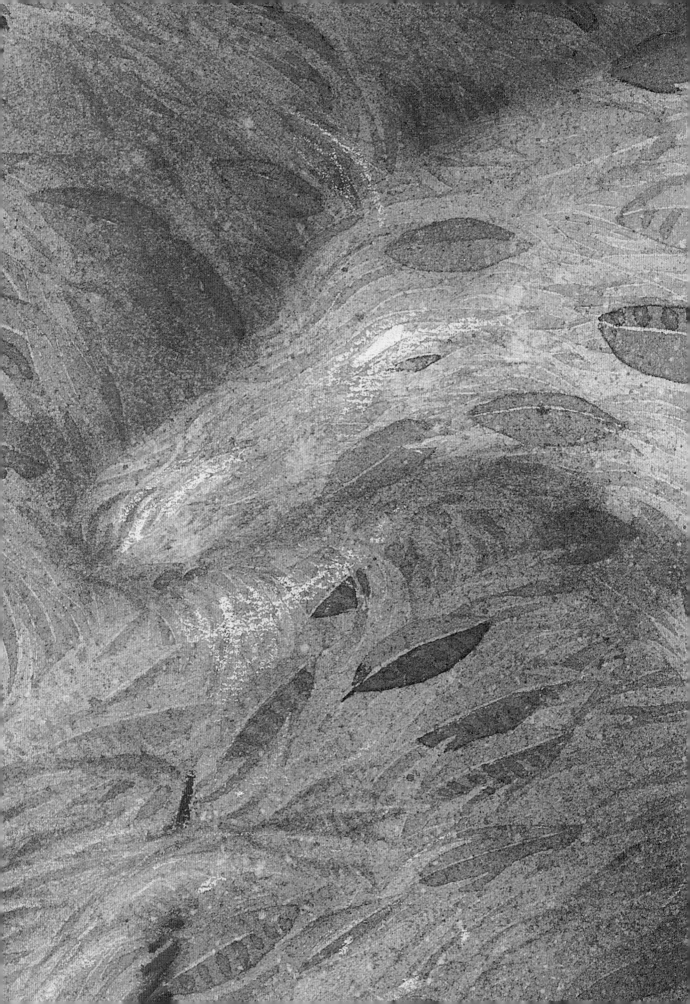

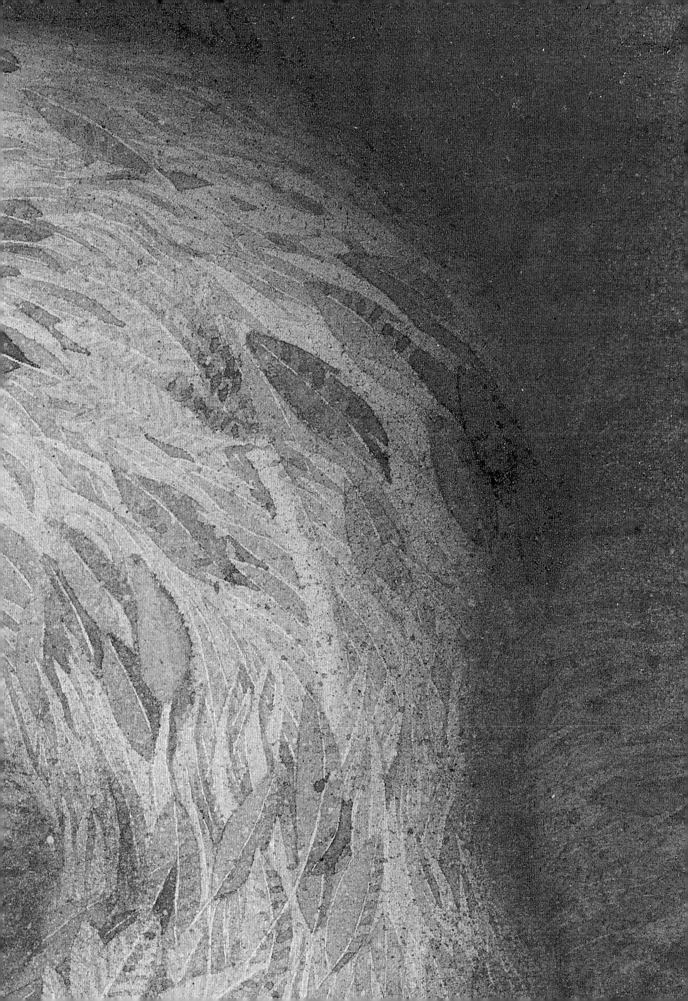

Boca de lobo

Primera edición, 2005
Segunda edición, 2007
Tercera edición, 2009

© Fabián Negrín 2003
© 2003 orecchio acerbo s.a.s.
© 2005 Thule Ediciones, S.L.
Agencia literaria: Servizi Editoriali, Milán

Título original: In bocca al lupo

Directora de colección: Arianna Squilloni
Diseño gráfico: orecchio acerbo
Adaptación gráfica: José Miguel Rodrigo
Traducción: Aloe Azid
Corrección: Jorge González

ISBN: 84-96473-11-2

Impreso en China

www.thuleediciones.com

Fabián Negrín

Boca de lobo

thule

Me llamo Adolfo, y soy un lobo.

Nací en el bosque que se ve a mis espaldas.

El bosque es mi casa. En él hay todo lo que necesito para vivir: gansos, cerditos, conejos y otros manjares.

Muchos dicen que soy cruel, pero lo mío no es maldad. Los lobos somos así. Nuestra naturaleza nos lleva a comer a otros animales. Qué le vamos a hacer.

A veces, sin embargo, me pasan cosas que no les suceden a los otros lobos. Ayer, por ejemplo...

... hacía calor y dormitaba bajo un árbol cuando un leve crujido llegó a mis finísimas orejas y me sobresaltó. Levanté la cabeza y miré. Desde el principio del bosque, lejos, venía una manchita roja que cada tanto tropezaba con los matorrales. Poco a poco se acercó hasta que logré verla claramente: no se parecía a ninguno de los animales que conocía. Era una maravillosa criatura vestida de rojo. La cosa más hermosa que jamás había visto.

Corrí a esconderme.

Yo era tan feo... ¿Cómo hablar con ella sin asustarla?

Me disfracé de bosque y le pregunté:

—¿Qué eres? ¿Un ángel quizá?

—¿Un ángel? ¡Ja, ja, ja! ¡Qué va! ¡Qué cosas dices! Soy una niña —me respondió mientras tropezaba otra vez.

—¿Una niña? ¿Y adónde vas?

—Voy a visitar a mi abuelita, que vive al otro lado del bosque.

—¿Y qué llevas en la cesta?

—Un espejo. Ayer a la abuelita se le rompió el suyo y le llevo uno nuevo. Perdóname, bosque, pero mi abuelita me está esperando impaciente.

Y diciendo esto continuó su camino.

¿Niñas? Nunca había visto un animal de tal especie. Creí que la abuela, si no era capaz de estar un sólo día sin espejo, tenía que ser aún más bella.

«Tengo que ver esa maravilla», pensé.

Empecé a correr hacia el otro lado del bosque por un atajo que sólo yo conocía.

Encontré la casita y llamé a la puerta. Toc, toc. Una niña, que debía de ser la abuela, abrió la puerta. ¡Qué desilusión! Juro que nunca había visto una criatura más fea, más vieja ni más arrugada. Por quitármela de la vista me la comí de un bocado.

Poco después llegó la niña vestida de rojo, y también llamó a la puerta. Toc, toc. En un santiamén me vestí con la ropa de la abuela y me metí en la cama.

—Buenos días, niña.
—Buenos días, abuelita. Te he traído el espejo nuevo.

Y diciendo esto, lo colgó en la pared. Reflejada en el espejo, sin embargo, en lugar de la abuela, pudo ver mi auténtica y horrible cara de lobo. Pero no se espantó, se quedó maravillada.

—¿Qué eres? —me dijo la niña—. ¡En mi vida había visto nada tan hermoso como tú! ¿Acaso eres un ángel?

Boca de lobo

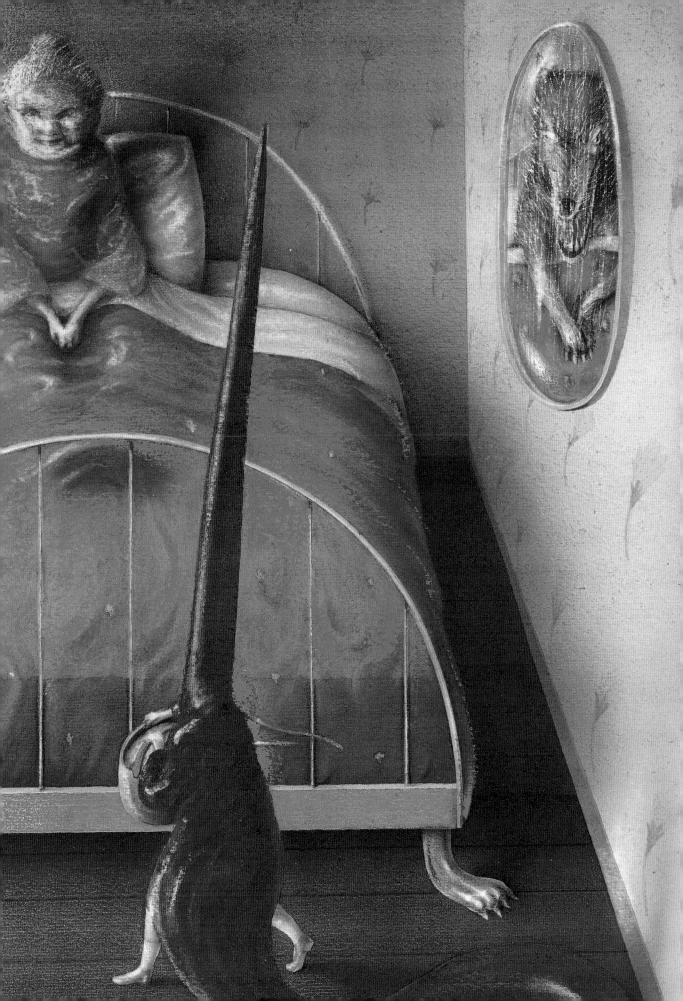

Iba a responder cuando ella, al acercarse, tropezó con las zapatillas de la abuela. Cayó en mi boca y, antes de que pudiese hacer nada, desapareció en mi estómago.

¡Qué desesperación! ¡Qué remordimiento! Apenas había encontrado a mi alma gemela y ya la había perdido... Salí de la casa para aullar mi dolor a la luna.

Lloré,

lloré

y lloré.

Estaba allá, de rodillas, maldiciéndome, cuando un extraño destello brilló en el bosque. ¡Allá! ¡Sobre un árbol! ¿Qué podía ser? ¡Era otra niña! Pero ésta tenía bigotes, sombrero y un bastón de metal hueco.

«Quizá me ayude a liberar a la niña que tengo en la panza», pensé.

Subí rápido al árbol, pero un rayo espantoso salió del bastón metálico. En mi pecho apareció una manchita roja que, poco a poco, se fue extendiendo hasta empapar los matorrales donde caí.

Estaba muerto.

La niña con bigotes sacó un cuchillo y me abrió la panza. La niña vestida de rojo y la abuela salieron vivas.

Me llamo Adolfo y soy un lobo, un ángel-lobo.

Ésta es mi nube. Desde aquí puedo ver todo el bosque, cada árbol, como nunca lo había visto antes.

Allá abajo está la niña de rojo que vuelve a casa. Levanta la cabeza y me saluda (adiós, adiós); después se pierde tras los árboles. Estoy seguro de que me recordará siempre. Tampoco yo la olvidaré jamás.

¡Eh! ¿Qué es aquello que salta allá abajo? ¿Un conejo?

Ahora que lo pienso, tengo el estómago vacío.

Tengo hambre,
auténtica hambre de lobo.

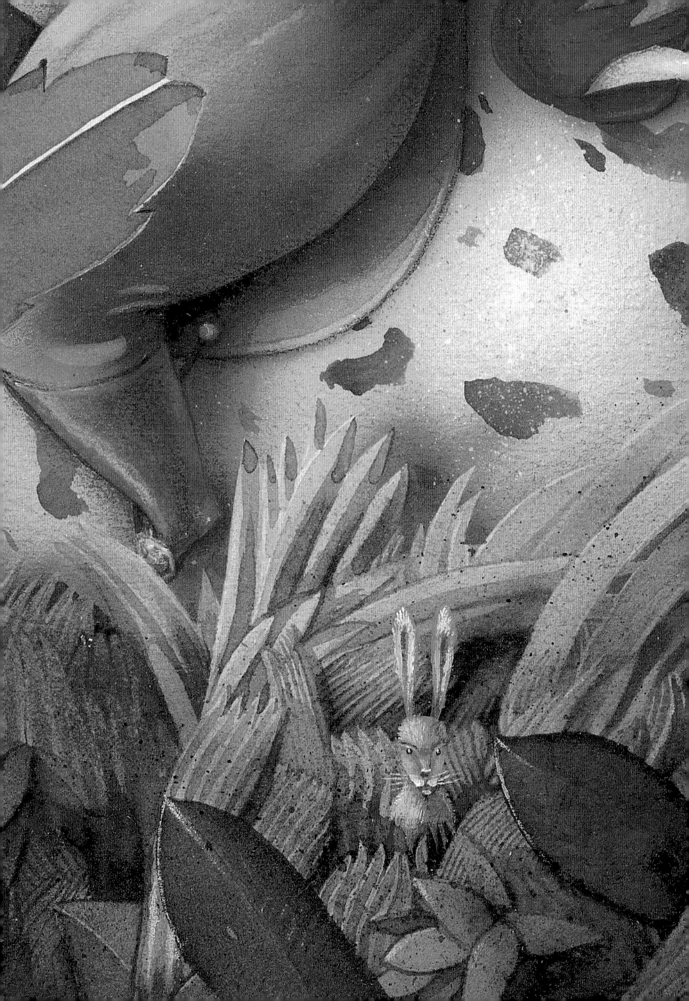

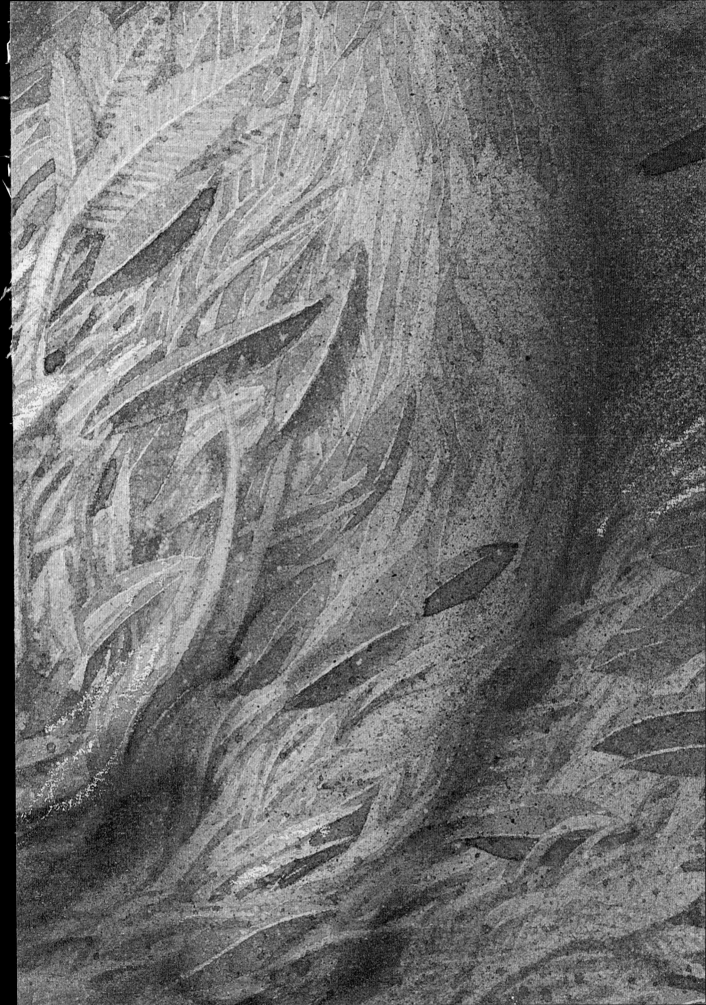